S

Elba De Vita
Daniela Trapé
Claudia Marcela Ramírez

SEGUNDO TIEMPO

EL OJO DE LA CULTURA

Portada: *Dibujo de Daniela Trapé*
Derechos exclusivos de las autoras
Derechos de la edición:
EL OJO DE LA CULTURA
www.catalogoelojo.blogspot.com
elojodelacultura@gmail.com
+44 7425236501

ISBN 9798323464449
Prohibida la reproducción total o parcial de esta obra sin autorización expresa del autor o editores.

Todos los derechos reservados.

AGRADECIMIENTOS

Nicoletta Nesler
Cristina Solari
Grupo literario De Lujurias y Musas

INTRODUCCIÓN

*S*egundo *Tiempo* nos marca otras horas en el reloj de arena de la escritura.

Campo de batalla y de encuentro con la palabra.

En este nuevo libro la propuesta de las autoras es hacernos partícipes de un doble tiempo.

El primero como continuidad cronológica de *"Heridos de muerte y de amor"* y el *"segundo"* como la sucesión de minutos componen las horas en un orden espacial donde nace este nuevo libro.

Elba, Daniela y Marcela nos invitan a jugar con el tiempo de las experiencias extraordinaria que hacen de la rutina un lugar de exploración y creación literaria.

Un espacio de introspección individual y de trabajo colectivo.

Un decir la maravilla de la vida en cada palabra que la renueva.

*<div align="right">**Elba**</div>*

Segundo Tiempo, como continuación de la experiencia de *"Heridos de muerte y de amor"*, nacido en un acto de supervivencia en pandemia.

Segundo Tiempo porque no soy la misma que en ese momento. *Segundo Tiempo*, porque promediando mi vida doy cuenta de la oportunidad de ir por donde mi intuición me lo marca, escuchando mi deseo.

Daniela

Segundo Tiempo representa para mí la continuidad del experimento creativo, la evolución y la autorreflexión de lo producido.

Segundo Tiempo, representa la realización de aciertos y desaciertos en mi proceso de aprendizaje. Una segunda oportunidad para reivindicarme y avanzar. Una segunda oportunidad en la fase adolescente de mi camino por la pasión poética.

Marcela

"Ahí estás, con miradas que penetran y labios que callan".

Ilustración: Marcela

Durante el transcurso de los talleres que dieron origen a *"Heridos de Muerte y de Amor"*, inspirada por las palabras de mis compañeros de aventuras creativas, mi mente se pobló de imágenes.

Un "esfero" (bolígrafo) en mano y una hoja de papel en blanco, me iban permitiendo dibujar involuntariamente, algunos pensamientos.

Pasó el tiempo y un año después, en un inesperado y fecundo encuentro con "El Ojo de la Cultura", aquella imagen vuelve a mi memoria en un acto de "serendipia" a resignificar su historia.

Marcela

ESPIRAL

Me metí hasta los huesos en el ojo del tiempo.
Un ojo fuera de su órbita desafiando el centro.
Punto de mira fijo para las agujas danzantes.
Y la garganta del tiempo empecinada en
 [mover montañas.
Tiempo de lluvia punzante fuera de foco.
Y un cilindro de papel picado rebobinando

Elba

Heridos de muerte y de amor
Una antología en la pandemia

Dibujo: Daniela. Técnica mixta 2021.

Tiempo inexorable de la semilla
que procede incógnita
hasta florecer la vida.

Elba

Cuerpos que posan

"Cuerpo de mujer, blancas colinas, muslos blancos,
te pareces al mundo en tu actitud de entrega..."

Pablo Neruda
Veinte poemas de amor y una canción desesperada

Pintura: Daniela. Técnica Collage.

ELLA POSA

Ella posa.
Hay algo que la mueve dentro.
Busca en sus manos a ciegas
el cuerpo de la silla.
Sigue la mirada de la pintora.
Busca una clave que la libere
del grito atado
a las agujas del tiempo.
Un tiempo de palabras prohibidas
a decir su mal y a decir su bien.
Extraños paradigmas
declinan la línea del silencio.

Elba

SOS... SOY

Entraste
como todos los miércoles
a la clase
del profesor Fels.

Te dispusiste
como de costumbre
a posar
con tu cuerpo desnudo
desprovisto de todo
menos de tu ser.

Frente a vos
un batallón
armado de lápices
empezó a retratarte.

La señorita Hilda
ayudante del profesor,
paseaba
sus noventa y dos años
como cotorra
con sus pies chuecos
sus nalgas abultadas
su nariz aguileña
y su rodete negro azabache.

Una y otra vez
nos decía:
"Si lo van a dibujar igual
saquen una foto Y listo!
Vamos... trabajen
y dejen de hablar"

Sus modos
poco pedagógicos,
del siglo pasado,
no menguaron
el cariño
que le profesábamos.

Me concentro
en mi dibujo.
Observo en su rostro
Una mirada triste
abúlica.

Que no puede
expresar
el estado
que la embarga.

La siento
abatida
resignada

La señorita Hilda
me dice:
"Bastante logrado,
pero
ahora sé vos"

Hoy
a la distancia
puedo reconocer
que ella,
la del dibujo,
era *yo*

      Daniela

BOSQUEJO DE MUJER VALIENTE

Mujer valiente buscando en su interior
          [respuestas a su estado desolado,
mirando sin mirar, lejana de sus pensamientos,
indefensa y rendida ante la vida.

Mujer valiente de labios planos
          [y la esperanza de una sonrisa.
Su cuerpo que recuerda la lozanía de la juventud
albergando un corazón vacío.

Mujer valiente de manos caídas
          [y piernas desmadejadas.

Su único sostén, la silla,
antes de caer para quizás no levantarse nunca,
funda la esperanza de un reencuentro,
el signo de que no todo está perdido.

Marcela

Dibujo: Daniela

ÉL POSA

La mano no logra sostener el flujo de su pensamiento.
Y su cuerpo se multiplica en otros cuerpos de sí
mismo.
Se piensa en los límites que le permite la tela.
Se piensa al infinito y se pierde en la anarquía
de su propio cuerpo.
Un amasijo de ideas reclama audiencia.
Resulta insoportable haber perdido el centro
y sentir impropia su voz en cada palabra no dicha.
Él posa.
Vive en la escena.

Elba

El tiempo y la existencia

"El presente no es otra cosa que una partícula fugaz del pasado. Estamos hechos de olvido"

Jorge Luis Borges

LAS CAÍDAS Y LOS VACÍOS EXISTENCIALES

1.

Violencia violeta
en la piel rasgada,
entumecida,
sumida
sumisión al olvido.

Cándidas caricias caídas
en cascadas de hielo.

Gotea en zigzag
un hilo rojo
vida martirizada
arrastrándose
venas coaguladas
mordidas
por la muerte.

2.

Mis huesos desabrigados
piden clemencia.

Yo misma deshabito el mundo.

En guerra con mis pasiones
depongo las armas.

3.

Caminar
la cornisa
de las palabras.
Caminar
lo relativo.
Volver
al hilo
desequilibrado
del tiempo
al negativo
de la foto.
Caminar
la idea
que bordea
el infinito...

Surcos
que el viento
calca.
Concavidad.
Tus manos.
Caminar
los reflejos...
de lunas
charcos
y desiertos.

Caminar
el umbral.
Cabalgar
su límite.
Caminar

el cansancio
y deletrear
la huella
de un tiempo
profano.

Piedra
incrustada
en la memoria.

4.

Fantasma
Esa ausencia
(de) cuerpos
buscando
pasos
(...)
buscando
huesos.

5.

Hoy pensé
los silencios del amor.

Gentil modalidad
de callar a tiempo.

Esperar el gesto.
Escuchar.

6.

Me gusta pensar
buscar
de la palabra
lo perdido.

Espiar...

Agujero tubular
del tiempo.

Imperioso reclamo

Aullido de la luna.

7.

Acribillado
el cielo
por estrellas fugaces
transforma
en tul
el aire.

8.

El amor cose las heridas.

Palabras afiladas
de ternura
evaporan lágrimas
sedientas.

Desciendo en el torrente.

Bendita sea
la pasión del abismo.

Elba

INFANCIA

Crecí volviendo la mirada hacia recuerdos de mar
que soplaban al oído maravillas de otros mundos.

Vientos de "sangre y arena"
bailaban danzas guerreras
desafiando horizontes.

Cielos cabizbajos
en la intemperie nocturna
meditaban sueños.

Crecí espiando en los ojos de la tierra
el movimiento de las lombrices.
La incógnita de la semilla.
El posar de mariposas
y la sombra de la higuera.

Amé la lluvia de verano como agua de manantial
y las lunas llenas como espejos de agua.

Pero nunca estuve tan cerca de la niñez
como cuando recostada en la hierba del tiempo
fui gota de rocío.

Elba

OTRO FINAL

Uno baraja las palabras.
Las mezcla
las huele
las vuelve a mezclar
las acaricia hasta tocar el centro
donde las palabras duelen.

Uno baraja las palabras.
Las vuelve a mezclar
las huele...
las acaricia hasta tocar el vacío
donde la palabra duele.

Elba

CANDELA

Hoy estoy de velas.
No de barcas
ni de funerales.
De velas antiguas
en su no sé qué
de iluminar.
Hoy hay luz de fuego.
Pequeña llama
silenciosa y gentil
quemando el tiempo.

Elba

OCHO AÑOS

"Que va a ser de ti lejos de casa…"
Joan Manuel Serrat

Seré feliz,
pasaré por altos y bajos,
te llevaré en mi corazón y
mis entrañas.

Me haré mujer,
más fuerte y sensible.
Soñaré, reiré,
bailaré,
amaré y lloraré.

Conoceré y
reconoceré lugares y
rostros.

Encontraré
corazones y almas.
Y a tus brazos, padre,
acudiré buscando calma.

Marcela

EMPAPADO DE SUDOR

A mi amigo

En la absoluta oscuridad de la noche, los brazos de mamá me sacaron sin aviso de la cama.

Entre sueños y desvelos me vi en el asiento de atrás del Ford Falcon, mi hermana, quieta a mi lado. Mamá conducía y la luna nos seguía como un fiel reflector. Íbamos en silencio, no entendíamos nada, sólo se oía el llanto contenido de mamá. No sabíamos lo que estaba sucediendo, pero yo no me atreví a preguntar. Observé el camino y reconocí la ruta. Por ahí íbamos cuando viajábamos a la ciudad. El camino flotaba entre los salitrales, que como charcos de agua brillaban a los costados. Me arrodillé en el asiento, apoyé mi cara entre las manos y me quedé viendo a través de la luneta como un manto de estrellas se precipitaba sobre el pueblo de Algarrobo en penumbras.

Me dormí en el viaje. De golpe levanté la cabeza y me di cuenta de que todavía estaba en el asiento del Falcon, era de noche. Llegamos a la casa de la abuela que quedaba en la ciudad. Cuando bajamos del auto, nos recibió en silencio y preparó las camas. Todo me resultaba extraño, pero como fuimos educados a obedecer no dijimos ni preguntamos nada. Yo estaba confundido.

Repentinamente de un día para otro, empezamos una nueva vida. Despojados de nuestra ropa, de nuestros juguetes, de nuestras cosas. El silencio y el miedo se apoderaron de mí. Nunca más volvería a ver a mis amigos, a mi maestra, mi bicicleta, mi perro. Y por sobre todo no volvería a ver a mi padre.

Sobre la heladera, la radio spica de la abuela, estaba todo el día encendida. Pasado el tiempo escucho con pavor que habían encontrado muerto en su propio campo a Evaristo Salas, mi padre. Me quedé paralizado. Salí a la calle y me senté en la vereda, un velo se fue corriendo de mi mente y recuerdo

La noche de invierno en el campo de Algarrobo, mi hermana y yo, dormíamos calentitos en la pieza, cuando de golpe nos despertaron voces que subían el tono y se transformaban en gritos espantosos. Como resortes nos sentamos en la cama temblando de miedo. Sin prender la luz, mi hermana se acercó y me abrazó. En punta de pies llegamos hasta el umbral de la puerta. Gritos, insultos y llantos invadían el aire. Espiamos por la rendija y vimos que papá tenía tomada del cuello a mamá, como hacía cuando quería degollar a una gallina. Nos quedamos paralizados. La escena era dantesca. Mi padre al percibir nuestra presencia, gira su cabeza sudada hacia nosotros y con los ojos desorbitados, inyectados en sangre, la suelta y nos grita con furia ¡Vayan inmediatamente a dormir o los mato!

Sobresaltado, me incorporo en la cama con el cuerpo empapado de sudor. Me doy cuenta de que estoy en mi pieza de la casa de algarrobo. Con alivio y sorpresa me doy cuenta que todo fue una pesadilla. Feliz, me tapo con las frazadas y me vuelvo a dormir.

En la absoluta oscuridad de la noche, los brazos de mamá me sacan de la cama...

Daniela

MI VIEJA CASA

Vieja casa de paredes gastadas que albergaste
              [tantas risas, pilatunas y llantos.
Vieja casa con fantasmas en cada esquina
          [y sonidos ocultos entre las ventanas.

¿Dónde andarán mis juguetes, cartas de amor
          [y uno que otro labial colorido roto?
¿Dónde estarán mis recuerdos de infancia
          [y las eternas tertulias con mi abuela?
¿A dónde fueron a parar los trastes rotos
                  [y las minifaldas?

Vieja casa, hoy fría y vacía,
te agradezco estos recuerdos
                [desde mi nuevo hogar.

Marcela

LA TORRE

Sólida
fuerte
compacta

Ubicada
en un lugar
estratégico
vigilo el mar.

Desde lo alto
de mis torretas
espero
divisar al enemigo,
espero a los arqueros
hombres guerreros
que inunden mi cima,
espero una historia
de amor apasionada
entre mis muros,
espero ser la primera
en divisar los barcos
que vendrán
a invadir.

Pero hoy
me miro hacia adentro
y sólo veo agua,
quieta
clara
pura
fría.

Descubro
que soy sólo
un tanque
que toda la vida
se creyó
Torre.

Daniela

Foto: Elba

EL CORO

Corre la voz
Hacer correr la voz...
Voces que corren.
Estas frases. Estas voces.
Y las voces en carrera.
Carretera de la voz.
Camino de las voces.
Voz que el viento disemina
para generar palabras.
Voces fuera del coro.

Elba

COMETA

Por años pensé que la línea de la vida
estaba trazada desde que nacemos.

La imaginé como una línea
recta uniendo de la A a la Z.

Con el tiempo he aprendido
que el destino se encarga
de entrelazar esta línea,
le hace nudos, circunvoluciones.

*Un día nos sentimos en el cielo
y otro en la ultratumba.*

*Un día nos sentimos como cometas,
y otros como piedras en el fondo de un abismo.*

*Algunos días son para volar
y otros para poner los pies en la tierra.*

Marcela

Amores y desamores

"El sol cae como un muerto abandonado"

Alejandra Pizarnik

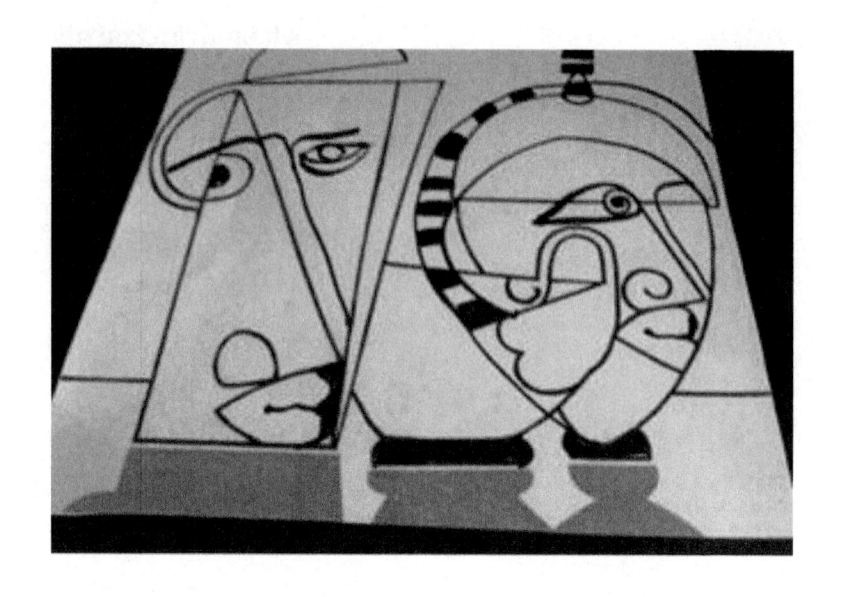

Dibujo: Cristina Silva

TU CARA

Ese ojo sediento
en el perfil de la noche.
¿Cuántas lunas pasaron
por tus pupilas
esperando el tiempo
de llover despacio en la boca cerrada del desierto?
En la luz errante de estrellas fugitivas.
En la comisura de aquel ojo
y de este otro ojo atento al diluvio enardecido del viento.
Hay lágrimas de arena
en el hueco de tu mirada.
Relojes impertinentes
de finas agujas judiciales sin causa.
Preguntas extraviadas buscando tu boca.
Mitad sonrisa. Mitad mueca.
La boca...
Y el péndulo de la palabra hurgando en tu lengua.

Elba

ENCUENTRO

Hoy sentí mi cuerpo pasar al lado
de un pensamiento que se quedó
mirándome.
Y me vi con esa distancia del silencio
que se abre a los ojos.
Me vi de perfil
abanicando el aire.
Sentí el camino en la piel
y un racimo de estrellas dando pasos.

Hay encuentro,
pensé.

Elba

DULCES Y SALADOS

De dulces y salados fue nuestro amor.

Dulces, nuestros mañanas abrazados.
Salados, nuestros corazones separados.

Marcela

CON DES

Te escribo con
des-consuelo
des-ilusión
des- aliento
des-contento
des- acuerdo
des-dicha
des-ahogo

Pero todavía
no te escribo con des-amor.

Marcela

HOMBRES

Hay hombres
para una noche
y otros
para toda la vida.

Unos
para cada noche
y otros
para una huida.

Unos
para reproche
y otros
para-caídas.

Unos
para el derroche,
pero tú
a mi medida.

Marcela

CON TU IMAGEN

Con tu imagen,
sentí el candor de una caricia,
mojé mis labios ante el anhelo de un beso,
cerré mis ojos y
el mundo entero se tornó en calma.

Con tu imagen,
levanté mi falda,
navegué rumbo al sur
pasando por tórpidos terrenos
colmados de protuberancias y valles.

Con tu imagen,
me detuve en el alba y
continué sin vacilación.

Con tu imagen,
mi cuerpo se hizo llama.
Rompí silencio,
mientras mis dedos hicieron magia.

Con tu imagen,
tembló mi alma y
me desmadejé sobre mi espalda.

Marcela

MIEDO

Qué triste amar con miedo
frenar las emociones,
huir del sentimiento.

Miedo de tenerte
y al mismo tiempo perderme.

¿Aprenderás a amar
o tus heridas amordazaron
tu corazón que no palpita?

Miedo de tenerme
y al mismo tiempo perderte.

¿Solitarios seguiremos?
o viviremos las noches
entre "estrellas" fugaces y abismos.

Miedo de tenernos
y al mismo tiempo perdernos.

Marcela

PROPIEDAD PRIVADA

Podrás tener mi cuerpo,
acariciar mi piel y
morder mis labios.

Podrás recorrer mis caminos,
llevarme al Olimpo, y
enredar mis cabellos.

Podrás escuchar mis gemidos,
mis tiernas palabras y
apretar fuerte mi mano.

Podrás reír conmigo,
disfrutar atardeceres y
desvelarnos hasta el alba.

Podrás,
contarme historias,
inventar excusas y
contemplar estrellas fugaces.

Podrás,
compartir tus planes,
revelar tus frustraciones y
también tus desaciertos.

Sin embargo, vida mía
¡Nunca podrás ser mi dueño!

Marcela

MATERNAR

La noticia trajo a su mente la confesión que Amalia le hizo aquella tarde en el auto. Después de reponerse de la conmoción por lo que acaba de escuchar, Emma salió del departamento. Bajó a la calle y se alejó caminando lentamente tratando de comprender lo sucedido.

Se habían conocido tiempo atrás, cuando Emma concurrió al llamado de Amalia para reestructurar su departamento, unos tres ambientes antiguos con balcón a la calle en el Sexto B de la calle Pasco 45, Ciudad de Buenos Aires.

Amalia era diez años mayor que ella. Era una mujer atlética, con facciones duras, parecía a simple vista descendiente de rusos, oriunda de un pueblo del interior del país como también lo era Emma. Vivía con su madre, una anciana de noventa años. El trabajo encargado a Emma consistía en adecuar el departamento y ambientar un entrepiso como habitación, debido a que pronto iría a vivir con ellas el único hijo de Amalia, un joven de unos treinta años.

Emma, como arquitecta entraba en la vida de sus clientes de forma temporal, y de alguna manera participaba de sus vivencias.

Aquel día, café de por medio, Emma se dedicó a indagar en los gustos y costumbres de Amalia, su madre y su hijo, para hacerse una idea de las necesidades del proyecto. Amalia se ocupó de hablar por los tres, ya que la madre permanecía en su cuarto a oscuras, y el hijo nunca aparecía por la casa. Las necesidades de la anciana se orientaban a tener accesibilidad al baño y a poder trasladarse por el departamento con un andador. Las de Amalia eran tener una amplia cocina y una barra con banquetas, espacio que compartiría con su hijo. Cada vez que Emma preguntaba por las preferencias y ocupaciones de éste, Amalia se detenía largamente hablando del futuro del muchacho; que se construiría una casa fuera de la ciudad, que se casaría, que tendría hijos, y más temas que en la actualidad no venían al caso. Emma comprendió rápidamente que la estadía del hijo iba a ser temporal, así que con el cuarto en el entrepiso y la barra en la cocina, cubriría sus necesidades.

Durante los trabajos de reforma, ambas mujeres salían juntas con frecuencia a elegir materiales y muebles para el departamento. A medida que transcurrían los encuentros fueron encontrando puntos en común en sus conversaciones que iban más allá de lo estrictamente laboral. Las dos al ser de ciudades del interior del país se veían atravesadas por el *"mandato social"* de formar una familia. En el caso de Emma ese mandato nunca llegó a cumplirse porque se rebeló huyendo de su ciudad natal.

En una de esas salidas, mientras se trasladaban en auto conversando acerca de sus vidas, Amalia le pidió a Emma que se detenga porque no se sentía bien. Cuando el auto se detuvo Amalia bajo la cabeza y le dijo:

—Necesito decirte algo que me genera angustia, pero sé que vos me vas a entender.

Y le confesó que ella hubiera deseado tener otra vida y que aunque se avergonzaba de decirlo, nunca había querido llevar en su vientre a su hijo. Que cuando quedó embarazada quiso abortarlo, pero no pudo. Que sus padres, devotamente religiosos, la obligaron a casarse de inmediato con alguien a quien ella no quería y finalmente tuvo que tener al niño. Entre sollozos, Amalia le relató que cuando su hijo nació se negó a amamantarlo, que no soportaba su llanto, que nunca le había brotado el "instinto materno" tan valorado socialmente. Que nunca quiso vivir esa vida, pero que con el tiempo, ahogó su deseo y como una zombi sucumbió al mandato de *formar una familia*.

Emma quedó paralizada al escuchar la confesión. Amalia, mientras se limpiaba las lágrimas, alcanzo a decir entre sílabas y sollozos que recién ahora intentaba *vivir su vida*.

Después de ese diálogo, Amalia tomó cierta distancia. El relato quedó dando vueltas en los pensamientos de Emma, quien se preguntaba por qué ella le habría confesado semejante intimidad.

La reestructuración del departamento finalizó exitosamente. Durante ese tiempo, Emma nunca se cruzó con el hijo de Amalia. Le hubiese gustado conocerlo. Le intrigaba saber cómo sería esa persona que había nacido sin el deseo de su propia madre.

Pasados algunos meses, Emma fue nuevamente convocada al mismo edificio para hacer otra reestructuración ahora en el Quinto B, justo por debajo del que había reformado. Acudió en el día y a la hora convenida. Cuando se encontraba en la puerta esperando que le abran, le pareció ver a Amalia cruzar la calle en dirección contraria, vestía una chaqueta negra y unos lentes oscuros. En el momento en que iba a gritar su nombre, la chicharra en la puerta sonó y no tuvo tiempo de hacerlo.

Emma entró y se dirigió al Quinto B a encontrarse con su nueva clienta. A modo de presentación, le hizo el comentario de que en la primavera pasada había estado trabajando en el mismo edificio, pero en el departamento de arriba.

Su nueva clienta lo recordaba, sobre todo por los ruidos de la obra. De pronto, la mujer se tomó la cara con las manos en un gesto de tristeza:

—Pobre Amalia —dijo lentamente —No sé cómo hace para soportarlo.

—¿Soportar qué? —preguntó nerviosamente Emma, temiendo que la frase tuviese algo que ver con las reformas que había diseñado para el departamento de arriba.

La mujer alzó la vista y con cara de sorpresa preguntó:

—Pero cómo, ¿acaso, Amalia no le contó?

—¿Contarme qué? —preguntó Emma, cada vez más intrigada.

La mujer pese a darse cuenta de su imprudencia, continuó con el relato sin poder detenerse:

—Que el invierno pasado, justo antes de las reformas, su hijo se tiró al vacío desde el balcón del Sexto B.

Daniela

COBARDE

Por arrebatarte el derecho a abrir tus alas,
querer controlar cada instante
cada sonrisa, cada sueño y despertar.

Por no afrontar tus miedos y tus
                 [más profundos temores,
vivir con los ojos abiertos
y tu corazón cerrado.

Por dejar tus manos vacías y tus labios secos,
ocultar tus sentimientos y
no pronunciar un inminente "te quiero".

Por calmar tus noches solas con compañías fugaces,
no darle almíbar de amor a tu ser
y no respetar tu esencia.

Por extrañarme, aunque no permites mi presencia,
te llamaré cobarde.

Marcela

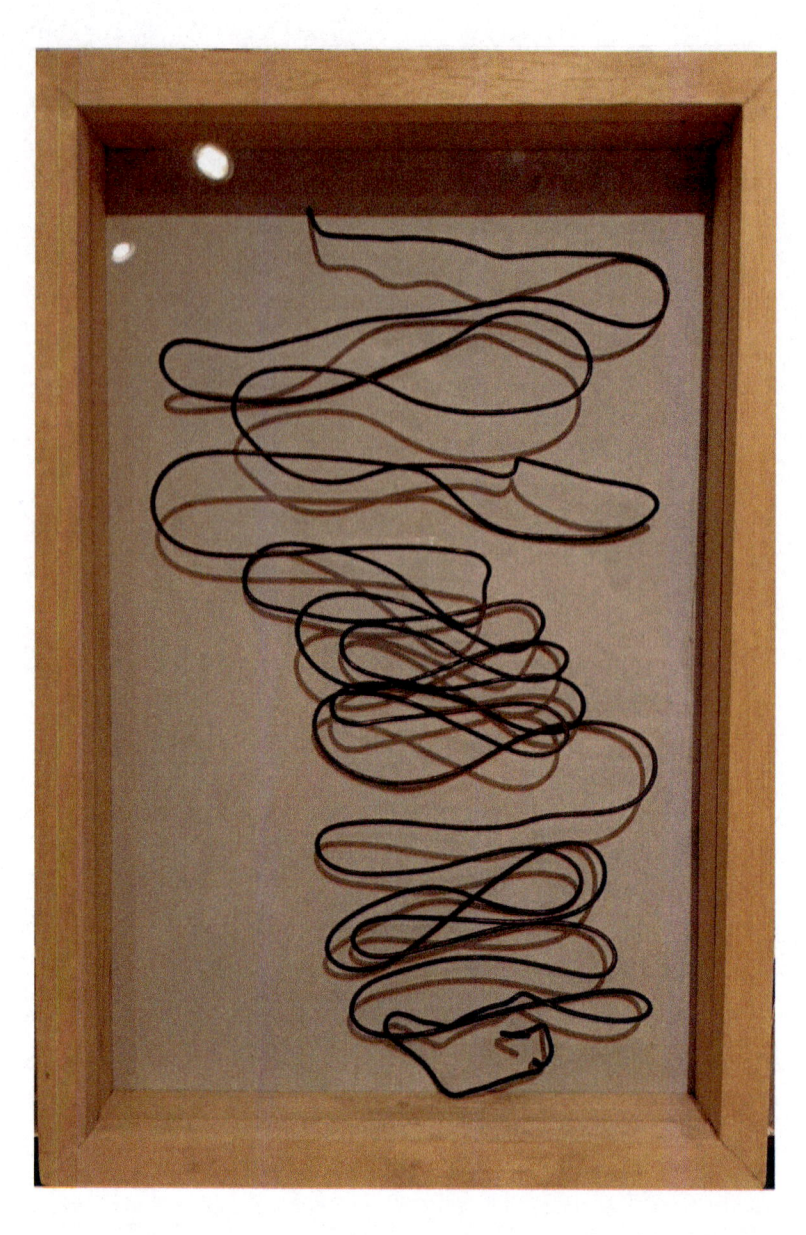

Instalación: Daniela

ENTRAÑAS

A mi madre

Por setenta y dos años
en la sinuosidad
de tu vientre
transitaron
placeres
angustias
alegrías
amores
miedos
ira.

Eras
tan visceral
tan extrema.

Siempre
a fondo.

Apasionada.

Un día
Tal vez
cansada de tanto
vértigo
tus entrañas
se negaron
a vivir más emociones.

Se cerraron
Dejaste de sentir.

A los veintiún días
se secaron.

Partiste.

Daniela

DESPERTANDO

Tu brazo sobre mi cuerpo,
tu respiración contra mi espalda,
tu rodilla rozando mi pierna.

Tus sueños ligeros,
         mis fantasías presentes.
Tus amores lejanos,
         mis pasados ausentes.
Tus miedos olvidados,
         mis temores vigentes.

El día amanece: *despierta.*

Marcela

OCASO

No te quiero para que adules
mis senos firmes,
mi cintura delgada y
mi piel lozana.

Te quiero para que ames
mis canas,
mi falta de ganas y
mis rodillas gastadas.

Marcela

Enigmas

"Quiero beber su cristalino olvido,
ser para siempre; pero no haber sido"

Jorge Luis Borges

Ilustración: Daniela

EL CAMISÓN BLANCO

La pandemia lo había detenido todo. Pero una vez que volvió la normalidad, pude concretar mi viaje a Roma. Llegué en un vuelo nocturno de verano al aeropuerto Leonardo Da Vinci. Me dispuse a buscar un bus como me habían indicado de la compañía Shuttlebus. Respirar el aire de Italia me hacía sentir como en casa. Me esperaría Antón, amiga de mi amiga de Firenze, quien me hospedaría en su casa durante el tiempo que me quedara en Roma. Previos mensajes telefónicos, Antón se había ofrecido amablemente a recogerme en el camino de circunvalación.

No nos conocíamos. En el bus estuve alerta durante todo el recorrido y al llegar a la parada indicada me bajé rápidamente. Recogí mi maleta y cuando me di vuelta, vi acercarse a una mujer delgada y sutil, con el cabello canoso recogido sin orden, pero elegante. Vestía un enterito negro y holgado y calzaba unos borceguís. Inmediatamente me di cuenta de que era Antón.

Nos saludamos con un abrazo como si nos conociéramos desde siempre. Amablemente Antón cargó mi maleta hasta el auto y partimos hacia la casa. La mujer, de movimientos femeninos, demostraba seguridad y firmeza en su forma de conducir. Cortésmente preguntó por mi viaje. Hablaba poco de castellano.

Íbamos, en el pequeño auto, por calles anchas y angostas. En un momento no reconocí donde estábamos. Al fin llegamos a un barrio alejado del centro. Ella buscó donde estacionar y descendimos del auto. La noche seguía cálida y apacible. Entramos a un edificio de seis pisos; yo seguía por detrás a Antón que me iba dando instrucciones respecto a la llave y otras funciones. Entramos a un hall sobrio y sin muebles, todo impecable. Me traía recuerdos de la casa de mi abuela Juana. Piso de mármol, paredes pintadas y un cortinado continuo sobre la izquierda. A la derecha los buzones de madera mordían la correspondencia que aún no habían retirado, todo a media luz. Al final del pasillo una puerta de madera, con un ojo iluminado, contenía la cabina del ascensor.

Llegamos hasta el quinto piso. Luego por las escaleras un túnel de plantas nos llevaba al sexto piso que desembocaba en la puerta del departamento.

Me sorprendió un amplio pent-house, con techos en mansarda y terrazas desde donde se veía las afueras de Roma con sus inconfundibles pinos de copas entrelazadas sobre las colinas. Todo era absolutamente blanco, sólo las alfombras y almohadones arabescos marcaban sectores de estar. Una mesa antigua de madera con sillas tipo tonet, daba el equilibrio perfecto entre tanta modernidad.

Nos dirigimos hacia la terraza. Hacía calor y ya se veía la luna redonda y blanca entre las colinas. Antón armó un cigarrillo y lo fumó lentamente, mientras balbuceábamos algunas palabras y observábamos la noche. Terminado el cigarrillo, ella me comunicó que no se quedaría a vivir en la casa durante mi estadía, ya que estaba momentáneamente en otro sitio. Yo no podía salir de mi asombro: hacía quince días me venía imaginando como sería convivir con una desconocida. De un momento a otro todo cambió. Antón me llevó a recorrer las habitaciones. La más amplia en suite sería mi dormitorio, y una de huéspedes que solo tenía un sillón rojo. Como ese cuarto no iba a usarse prefirió cerrar la puerta.

Antón me dio dos besos como lo hacen los italianos y nos dimos un abrazo. Al irse abriendo la puerta me dijo que no dejara las llaves puestas, ya que ella por la mañana solía venir muy temprano. Antes de cerrar la puerta me preguntó: ¿no tenés miedo? Le respondí que no. Estaba acostumbrada a vivir sola.

Durante toda la semana me levanté tarde producto del jet lag, Pero no me importaba, me sentía felíz. El sábado por la mañana temprano, mientras dormía plácidamente, sentí entre sueños conversar a dos mujeres. Hablaban en italiano. Reconocí la voz de Antón. Sin levantar la cabeza de la almohada "pare la oreja". Alcancé a oír que querían vender algo, escuchaba murmullos y movimientos. En un momento no se oyó más nada. Se habían ido. Seguí durmiendo.

Me levanté cerca del mediodía. Abrí la puerta del cuarto y al dirigirme a la cocina me llamó la atención en el centro del living, desértico y blanco, la aparición de un torso negro sin cabeza, ni brazos, ni piernas. Quedé sorprendida, inmediatamente me di cuenta de que era el típico maniquí de costurera. Lo miré de lejos con desconfianza. Me acerqué y lo examiné dando vueltas a su alrededor y me pregunté: ¿Por qué lo habrían dejado ahí en el medio de la sala? Me alejé y seguí con la rutina matinal que había organizado para esos días.

Volví por la noche, después de caminar por horas y disfrutar de cada instante. Al abrir la puerta veo la silueta del torso sin cabeza que flotaba en la penumbra del living protagonizando la escena. Ese torso me intimidaba. Fui a la cocina y me encerré. Mientras cenaba trataba de recordar lo que había escuchado esa mañana en relación a la venta de algo. Todo me desconcertaba.

Terminé de cenar. Apague la radio y la luz de la cocina. Abrí la puerta corrediza para ir al cuarto. En la oscuridad una luz tibia salía por la rendija de las puertas del closet del hall de entrada. La situación no me gustaba para nada. El descabezado en el centro del living parecía que me miraba con el torso. Busqué la perilla para apagar la luz del closet y le puse fin a mis pensamientos.

A la mañana siguiente, muy temprano, me volvieron a despertar las voces. Nuevamente paré la oreja, abrí los ojos y sin parpadear los dejé abiertos con las pupilas a los costados. Estaba convencida de que así oiría mejor. Alguien abría y cerraba puertas. Alcancé a escuchar palabras sueltas en italiano: prozia, camicie, cotone, valore... No podía escuchar con claridad lo que estaban diciendo, por momentos las voces iban y venían. Me levanté y sin salir del cuarto apoyé mi oído en la cerradura de la puerta blanca para poder seguir la conversación. Seguían murmurando, pero me pareció entender que Antón había viajado a los Alpes Suizos a hacerse cargo de una casa que había heredado de su abuela. De allí trajo un baúl con pertenencias de la familia, lo cual probablemente justificaba la extraña presencia del maniquí descabezado. Hacía hincapié en unos antiguos camisones blancos de algodón que habían pertenecido a la hermana menor de su abuela. Después de una brutal discusión con su madre escapó de su y nunca regresó. Sólo habían encontrado el camisón blanco con puntillas en el bosque. La policía del lugar la dio por muerta.

Al escuchar esto, me estremecí y quedé paralizada, pero la curiosidad por ver qué era lo que habían traído no me permitió volver a dormirme. Esperé que Antón y su amiga se fueran y abriendo lentamente la puerta salí del dormitorio. Pasé por el pasillo hacia la cocina, miré el living y vi que el maniquí no estaba, ¿se lo habrían llevado? ¿lo habrían vendido? Me preparé un café, mientras revolviendo el líquido negro, pensaba en lo que había escuchado durante la mañana.

Desde la cocina podía ver la puerta cerrada del cuarto de servicio donde en el día de mi llegada sólo había un sillón rojo. Mis ojos apuntaron como un láser directo al picaporte, se asemejaba a un colibrí posado en una rama. Esta imagen ablandó la tensión de mi mente. Una fuerza interior me llevó volando hasta el umbral, apoyé mi mano sobre el ave y abrí. En la habitación blanca, escoltando al sillón rojo, estaba el maniquí descabezado con su torso negro haciendo guardia al lado de una fila de prendas de algodón blanquecinas que colgaban como fantasmas debajo de una sábana blanca.

El maniquí me intimidaba. Silencio absoluto. Esa escena no me la esperaba. Lentamente me acerqué, retiré la sábana y empecé a examinar una a una las prendas, que según había entendido por los rumores de la mañana, habían sido de aquella muchacha que nunca apareció con vida. Me di cuenta de que la joven había sido diminuta y frágil, no muy diferente a mí. Habría tenido una cintura muy pequeña, como lo sugería una exquisita blusa blanca abotonada, con puntillas en su cuello y en sus mangas. A ambos lados del pecho se observaban unas iniciales bordadas, MC. Las letras también eran blancas con detalles en rojo punzó y celeste cielo. Exquisita. Los otros camisones eran de algodón con puntillas y el detalle del de las iniciales se repetía.

 Me detuve frente a uno de los camisones de algodón blanco, un poco amarillento por el tiempo y me pregunté si ese sería el camisón que habían encontrado cuando la joven MC desapareció. Lo observé detalladamente mientras mis dedos acariciaban las. Me quedé pensando qué habría sucedido con MC. Me compadecí de lo que pudo haber vivido y le dediqué una oración para que descanse en paz.

Todo ese día, mis pensamientos quedaron fijos en aquella ropa y en la historia de su antigua propietaria. Me parecía que Roma dejó de existir. Yo, sólo quería volver a la casa. La historia de la joven me había atrapado. ¿Ella cómo sería ella? ¿por qué se fue de su casa? y sobre todo ¿qué le habría sucedido?

Regresé a casa después de haber caminado todo el día. Abrí la puerta y una luz espectral en contraste con la oscuridad, salía detrás de la pared del living. Avancé unos pasos y vi que el televisor estaba prendido con el mensaje de HDMI que recorría la pantalla haciendo círculos hipnóticos. Me sentí vulnerable. Pregunté en voz alta si había alguien y nadie me respondió. ¿Cómo es que el televisor estaba encendido si yo nunca siquiera lo había tocado? Con cautela, busqué el control remoto para apagarlo. Chequeé que la puerta de la habitación de los camisones blancos estuviera cerrada y cuando estaba a punto de dirigirme a mi cuarto, de repente sentí un impulso irresistible. Volví sobre mis pasos y entré al cuarto del maniquí sin cabeza. Casi sin pensarlo, me apropié de uno de los camisones que tenía las iniciales MC, y me lo llevé al dormitorio.

Me di una ducha y me puse el camisón blanco. Tentación que me había asaltado desde el primer encuentro y que ahora pude descubrir. Después de todo, que podía pasar si durmiera una noche con el camisón. Me zambullí en el edredón blanco que tomó la forma de mi cuerpo y como una alfombra mágica me transportó quién sabe dónde.

En medio de la noche empecé a sentir calor. Estaba muy abrigada y me sentía como enredada. Sin poder casi mover las piernas, abrí los ojos y vi mis manos cubiertas con las puntillas que me llegaban hasta los dedos. Al principio no entendí lo que estaba sucediendo, levanté las sábanas y al ver el camisón con puntillas que me llegaba a los pies recordé mi transgresión antes de acostarme. ¿Cómo se me había ocurrido hacer una cosa así? Me levanté de la cama como un resorte, empecé a sentir que tenía el "corazón en la boca". Me sudaban las manos. Me dirigí al baño a toda velocidad. Me miré al espejo. Vestida con el camisón blanco y la iniciales MC. Me lo quise sacar pero estaba pegado a mi cuerpo. Empecé a desesperarme y a luchar para desprenderme de él y no podía.

De repente sentí el ruido de unas llaves en la puerta. Eran las seis y media y Antón se hizo presente como todas las mañanas. ¿Cómo explicar que me había atrevido a ponerme un camisón que no era mío? ¿Por qué lo hice si sabía que era una reliquia? Por un momento, no supe más qué hacer, y me quedé paralizada en el pasillo frente a la puerta de ingreso.

Abrió, entró, y pasó al lado mío sin verme como si yo no existiera. Se dirigió a la habitación de servicio y salió preguntando en voz alta: ¿dónde está el camisón blanco de puntillas? Mientras iba hacia mi dormitorio, yo la seguía detrás tratando de hablarle, pero ella no me escuchaba. Desde la puerta, Antón preguntó: ¿has visto el camisón? Pero el bulto debajo del edredón no respondía.

Antón se acercó a la cama, apartó el edredón y empezó a sacudir mi cuerpo inerte. Yo miraba desde la puerta la escena sin respirar.

Entonces Antón se levantó y salió corriendo a pedir ayuda. Atravesando el umbral de mi cuerpo como si fuese un fantasma.

Daniela

LA MUJER QUE SE HIZO HUMO

La veo fumar y me gusta.
ELLA con ese gesto femenino
disimula el veneno que destila el cigarro
Una fuerza delicada
tan delicada que no opone resistencia
se desliza
entre los dedos firmes
a sostener el placer
nocivo hasta que
ELLA
la mujer en cuestión
distraída y gustosa
se esfuma.

Elba

APELACIÓN

Vuelven...
Vuelan como bandadas
de pájaros obedientes.
Corren de boca en boca.
Y vuelven a pasar.
Alguien toma lista.
Ninguno está presente.

Elba

SIETE

Hay historias que duran siete vidas.

La nuestra duró tan solo:
 siete días,
  siete minutos,
   siete segundos.

Hay recuerdos que duran siete vidas.

Marcela

LA PIEL TIENE MEMORIA

La piel tiene memoria,
de besos,
caricias y tropiezos,
de tus cuidados y
tus desaciertos.

La piel tiene memoria,
de vasos de agua y
vino en exceso,
de horas bajo el sol
y de tus ancestros.

La piel guarda cicatrices
que atesora la memoria.

Marcela

UNA PALABRA

Una palabra sin acción fluctúa en la vacilación.
Una palabra sin ejecución, vaga ilusión.
Una palabra con determinación, una constitución.

Una palabra entre dos, íntima confesión.
Una palabra a toda voz, una declaración.
Una palabra al dios, eterna oración.

Una palabra al azar, una ocurrencia particular.
Una palabra para luchar, proclamación popular.
Una palabra singular, una decisión sin igual.

Una palabra con coherencia, un amor factual.
Una palabra con prudencia, un acierto casual.
Una palabra con sapiencia, un dilema existencial.

Una palabra con razón, presume obstinación.
Una palabra con su don, llega pronto al corazón.

Una palabra personal, secreto que permite amar.
Una palabra natural, gesto para nada trivial.

Marcela

Avatares de la cultura

"No soy de aquí ni soy de allá.
No tengo edad ni porvenir…"

Facundo Cabral

ESCRITURA

El poema
coagula
emociones.

La consistencia
de los cuerpos
abre caminos
al paso incierto
de la sombra.

Alguien
no resiste.

Enciende
la antorcha.

Una sóla palabra
custodia
el misterio.

Elba

Foto: Daniela
Antigua fábrica de Molinos América en Bahía Blanca, Argentina

LA ESCALERA

Después de una larga jornada laboral, Ana regresó a su flamante casa recién adquirida. La esperaba su gato Cato, pomposo y peludo. Allí encontraba todo lo que quería, tranquilidad, armonía y paz. Un oasis dentro de la ciudad.

El edificio era una antigua fábrica refuncionalizada. Actualmente se recuperaban estas moles para hacer viviendas amplias y modernas. Tenía techos altos, bovedilla de ladrillo y perfiles de acero que combinaban perfectamente con el cemento alisado. Las carpinterías eran de vidrios repartidos y los pisos de pinotea.

Ella trabajaba en la redacción de un diario en el centro de la ciudad, pero aprovechaba la soledad de la noche para escribir las historias que realmente le interesaban. En penumbras, y copa de malbec en mano abría el computador y con su luz se compenetraba en cada historia. Escribía hasta altas horas de la noche.

Comprometida con la temática feminista, de un tiempo a esta parte se había concentrado en escribir una novela que contaba la historia de Antonia, una joven inmigrante italiana de unos catorce años que en el mil novecientos ocho, con la esperanza de una vida mejor, había emigrado a los Estados Unidos. Antonia trabajaba en una fábrica de telas en la ciudad de Nueva York.

Como resultado de una huelga laboral por mejores condiciones de trabajo, un voraz incendio a las dos de la mañana, había provocado la muerte de ciento veintitrés mujeres y niñas. Quedaron atrapadas dentro de la fábrica ya que la puerta de salida estaba clausurada.

Ana, absolutamente compenetrada en la historia escribía velozmente describiendo el momento en que Antonia empujada por el tumulto de mujeres desesperadas por salir, se detuvo a rescatar un gatito que habitaba en la fábrica para luego reincorporarse a la masa de cuerpos que corrían hacia la puerta de salida para escapar del fuego.

De golpe, las campanadas del reloj de pared, dieron la una treinta de la madrugada y Cato saltó sobre el teclado pidiendo atención. Ana se sobresaltó y volvió a la realidad. Miró el reloj. Eran casi las dos de la mañana. Le molestó tener que interrumpir la historia justo cuando más compenetrada estaba. Pero la aparición súbita de Cato la había desconcentrado; y pensó que sería mejor continuar al día siguiente.

Estaba ya a punto de irse a dormir. Su mente todavía no podía liberarse de aquella historia indignante que al mismo tiempo la apasionaba. Pero de nuevo, el comportamiento de Cato la desvió de su propósito. El gato saltó del escritorio y se dirigió al balcón. Miró hacia adentro como indicándole a Ana que lo siga y desapareció. En este edificio reestructurado, el balcón del primer piso era en realidad el descanso de una antigua escalera exterior que comunicaba directamente con una puerta del segundo piso. La escalera metálica había quedado como un detalle ornamental de aquella antigua fábrica, quizá vestigios de una vieja escalera de incendio.

Era una noche de primavera y el cielo estrellado iluminaba la fachada. Ana salió al balcón y miró hacia arriba en busca de Cato. Molesta pero intrigada por la conducta de su micho, empezó a subir de uno en uno los peldaños de hierro de la escalera, con la misma suavidad que lo hacía Cato una y otra vez. Ya arriba, se paró frente a la puerta metálica, tomó a Cato en sus brazos y vio como por debajo de la puerta de hierro latía una luz que venía desde el interior. Una curiosidad extrema la llevó a poner su mano en el picaporte extrañamente caliente, y con la punta de los dedos abrió la puerta.

Lo que vió la sorprendió, aunque extrañamente no se sintió ajena a lo que la rodeaba ahora: maquinas gigantescas, rollos de telas, mesas enormes y un tumulto de mujeres con vestidos largos y oscuros venían corriendo hacia ella. Empezó a ver como una lengua de fuego devoraba las vigas de acero del techo, cuando una de las mujeres con el rostro enrojecido gritó:

—Antonia, abre la puerta por favor!!!!

Ana, atónita se dio vuelta para escapar, pero la puerta estaba cancelada.

Daniela

TERRENO BALDÍO

Se desvía el riel
que da paso a un tren que va y viene
al infinito de un tiempo
que termina con la noche.
Un tren sin pasajeros.
Un tren fantasma sin circo.
Un tren de carga sin mercadería.
Un tren de juguete que lleva y trae sueños.
Un tren que lleva y trae cuentos.
Un tren que cree llegar a una estación que no existe
y parte en una curva que gira en trompo.

Pero la noche tiene sueño
y el viaje termina.
La velocidad del trompo es insuperable
y el tren
se rinde al juego de la sortija.

El tren se ha rendido.
No hay barreras ni guardias ni señales.
Sólo pequeños coches y caballos rebeldes
En una calesita abandonada.

Elba

EL PUENTE

El apuro me frena
atropella mis rodillas
y me empuja más allá de mí misma.
Un apuro que no llega a tiempo
 me encuentra dormida
persiguiendo el sueño y un olvido.

Ráfaga de pasos doblega el cansancio.

El puente que se rompe
divide el mundo.

Elba

UNA GENERACIÓN CULMINA, PERO PERMANECE

Dedicado a la generación González Sarmiento.
A mi abuelita Julia.

Cada mirada, sonrisa, sueño,
caricia, broma,
refleja nuestros ancestros.

En cada historia,
nombre, recuerdo, nacimiento
y decisión están presentes.

Cada cabello, lunar, formas,
gestos y caminar
nos los recuerdan.

Nosotros,
reflejo de sus sueños y resultado
de sus luchas y llantos.

Nosotros,
con una carga ligera
y en nuestras manos su trabajo.

Nosotros,
mirando a futuro y agradeciendo
con amor su huella.

Marcela

LOS BAILES DE MI TIERRA

La locura está de fiesta
¡La fiesta loca anda de danza!

Con rondas de merengues danzan los enamorados
un pasillo curruluo y una cumbia con vaivén.
La dama de la salsa baila con rapidez,
los pies no tocan el suelo y el jorobo salta cada vez.

Cuando suena un garabato sueñan esos bunderos.
mapalés de los cuatro vientos
con bambucos florecentes
y vallenatos pasianderos.

Torbellinos y guabinas despiertan al dormido,
el currulao asustao se enconde abozao
ante el grito del Sere sé-sé.
Las Farotas adornadas enseñan la lección y
el Porro con su ventarrón invita al farrango.

Ay del que se quede sentado ante una contradanza,
el presumido galerón salta y el calipso con la polka
parece una gata candonga bailando golosa.
El mentó con gran argumento, coquetea con los pies.
Yo de cuando en vez, invento mis pasos.

Ah, Colombia de mi alma,
tu cultura y folclor
me invitan a bailar una y otra vez
sin calma, una y otra vez.

Marcela

Ilustración de Daniela

RESCATE EN FIRENZE

Reconoció el sonido de la sirena de un patrullero. La policía italiana estaba llegando. Un minuto más de retraso y la historia hubiera tenido otro final.

Era verano, finalmente había podido concretar ese viaje largamente añorado. Vivir la ciudad florentina como un habitante más.

Era la primera vez viajaba sola. Había elegido hacerlo en verano porque los días eran más largos y el equipaje más ligero. Alquilaba una camera con baño y cocina compartidos en un primer piso de un Palazzo del mil setecientos, en Vía Folco Portinari. Desde la ventana de la cocina que daba al contra frente, alcanzaba a ver la cúpula de Brunelleschi, tan gigante que parecía un plato volador. Daba la impresión que podía tocarla con la mano. Amaba la arquitectura del Renacimiento. En la casa había tres habitaciones, la de ella daba al frente en un primer piso, otra, al fondo ocupada por un griego y la de al lado, todavía sin ocupar.

Ese día había llegado tarde, después de una bucólica excursión por los pueblos de la Toscana. La casa estaba a oscuras y en silencio. Parecía que no había nadie. Sentía un placer enorme de llegar y estar a solas, así podría disponer tranquila de toda la cocina. Se sentó a la mesa, comió algo mientras observaba la cúpula iluminada, y en silencio vivió a pleno ese momento. Antes de ir a dormir decidió tomar una ducha.

El baño compartido era gigante, los artefactos se repartían a los lados en forma espaciada, desde el inodoro allá a lo lejos se veía la puerta con vidrios repartidos tipo Martele que evitaban las visiones nítidas desde el exterior: sólo podían verse sombras. Aunque eso le causaba cierta intranquilidad, ya que con la luz del baño prendida y la oscuridad de la casa no alcanzaba a ver hacia afuera, donde el silencio era absoluto.

Mientras estaba en la bañera duchándose, miraba la puerta del baño a cada instante a través de las cortinas de hule. Algo la intranquilizaba. En un momento le pareció ver a través de los vidrios de la puerta una sombra que se acercó... pero no estaba segura. Corrió suavemente la cortina cubriendo su intimidad. Asomó la cabeza pero no pudo ver nada. Cerró la canilla despacito para ver si lograba oír algo, se quedó quieta unos segundos con la mirada fija en el piso mientras la gota de la ducha caía sobre su cráneo. Decidió dar por terminado el baño, tomó el toallón para envolverse, y salió de la bañera. Se secó rápidamente y volvió a ponerse la ropa sucia. No tuvo el coraje de salir al pasillo envuelta en el toallón como lo hacía habitualmente. Había algo que la inquietaba. Salió corriendo del baño hacia su habitación, que quedaba a unos cinco metros de distancia por el corredor.

¡Al fin llegó a su camera! Cuando iba a cerrar la puerta, recordó que el dueño de casa le había dicho que a la mañana siguiente arreglaría la cerradura. Le aconsejó que colocara la valija sobre la puerta de tal manera que la pudiera bloquear. Así lo hizo.

La cama era una tarima baja de madera con un confortable colchón de dos plazas. Las sábanas eran blancas y livianas. Esa situación le parecía extraordinaria. Antes de dormirse recorrió con sus ojos la habitación blanca y gigante. La luz de un farol robusto de hierro forjado, ubicado sobre la fachada del Palazzo, contiguo a los enormes ventanales de madera, iluminaba todo.

Dormía plácida y profundamente cuando algo la despertó. Se sentó en la cama y miró hacia todos lados, todavía era de noche porque la luz del farol seguía en- trando por la ventana abierta. Abrió los ojos al máximo como si así pudiera ver más, tratando de descubrir qué era lo que la había despertado. En un momento miró hacia la puerta y vio cómo el picaporte se movía lenta- mente hacia abajo, no podía dar crédito a lo que estaba presenciando. Sin mediar pensamiento racional alguno, su instinto de supervivencia la llevó a saltar de la cama como un gato, y se afirmó contra la puerta sosteniendo el picaporte hacia arriba... Sentía como del otro lado, una fuerza contraria intentaba bajarlo.

Preguntó con voz firme:

—¿Quién es? ¿Qué necesita?

Del otro lado una voz beoda y con una tonada particular le respondió:

— ¡¡¡Te quiero conocer!!! ¡¡¡Ábreme!!! —Era evidente que el que hablaba estaba alcoholizado o narcotizado.

Ella trató de ser amable y le dijo:

—Mañana nos podremos conocer, vuelve a tu cuarto por favor, ahora estoy durmiendo.

Ante la negativa su interlocutor respondió con violencia:

—¡¡¡Puta chingada!!! Abre la puerta. ¡¡¡Dije que te quiero conocer!!! ¡¡¡Ábrela!!!

Y empezó a gritar y a golpear con una fuerza sobrenatural.

Los ojos de ella se desorbitaron. El corazón se le aceleró, su boca se secó por completo y sintió cómo la adrenalina corría por su cuerpo

No podía dejar de sostener el picaporte. Con la otra mano trató de alcanzar el teléfono que estaba sobre un mueble. Enseguida se dio cuenta de que estaba afuera del alcance de sus manos. Además, anteriormente le había sacado la batería para evitar que le entrasen llamados…

Para sus adentros murmuró: "¡Oh, Dios mío, ayúdame!". Soltó el picaporte para poder usar las dos manos y siguió sosteniendo la puerta con la espalda empapada. Sentía que el hombre corría y gritaba por el corredor, las manos sudadas le temblaban y no podía colocar la batería en el teléfono. Cuando lo logró, pudo al final encender el celular. Los segundos se le hacían eternos. Al fin pudo pedir ayuda al número de emergencias de la policía.

Por un momento se hizo silencio; le pareció que el hombre había desistido en su intento por entrar a la habitación. No se oía nada, ella por las dudas siguió alerta, apoyada con su espalda en la puerta.

De repente, el tipo volvió a arremeter como un toro de lidia y todo empezó a temblar de nuevo. Las lágrimas de ella empezaron a correr por sus mejillas sofocadas y enrojecidas por la batalla. Su cuerpo extenuado ya no aguantaría por mucho tiempo más.

Miró con desesperación la ventana que había dejado abierta, corrió desconsolada y saltó...

A lo lejos se escuchó el sonido peculiar de la sirena. La policía italiana llegaba por fin para ayudarla a bajar del farol...

Daniela

LAS AUTORAS

ELBA TERESA DE VITA nació en Buenos Aires (Argentina), en 1955. Es Licenciada en Letras y en Psicología. Especializada en Psicoanálisis. Diplomas: Counselor. Historia del Arte. Coordina talleres literarios.
Publicaciones: *Ispirazioni (Antologia poética)* 2018 (Italia). Primer premio de poesía 2021. Asociación Cultural Viva el Perú. Firenze. *Heridos de Muerte y de Amor, (A*ntología poética) 2022. *Il Sogno. Infinita Realtá.* Diseño y poesía. 2023. (Italia).
elbadevita@hotmail.com
@ursula_abril

DANIELA S. TRAPÉ nació en Bahía Blanca (Argentina). Graduada en Arquitectura en UNLP Posgrado en la UBA. Vive en Buenos Aires. Dedicada al arte plástico. Primera publicación de textos y diseños en el libro colectivo *Heridos de Muerte y de Amor* 2022. Esta es su segunda publicación.
Danielatrape.arq@gmail.com
@darq67

CLAUDIA MARCELA RAMÍREZ PRECIADO nació en Bogotá (Colombia). Médica, especialista en epidemiologia e infecciones en el trópico. Se dedica al área de investigación clínica y desarrollo de medicamentos.
Vive fuera de su país desde hace varios años, actualmente en Londres, desde donde ha escrito la mayoría de los poemas. Marcela le escribe al amor y al desamor y a situaciones cotidianas de la vida, objeto de reflexión.
Esta es su segunda publicación literaria, luego de *Heridos de Muerte y de Amor,* publicado en 2022.
clamarrapre@gmail.com

ÍNDICE POR AUTOR

ELBA DE VITA

ESPIRAL	12
HERIDOS DE MUERTE Y DE AMOR	13
ELLA POSA	17
ÉL POSA	23
LAS CAÍDAS Y LOS VACÍOS EXISTENCIALES	27
INFANCIA	32
OTRO FINAL	33
CANDELA	34
EL CORO	42
TU CARA	47
ENCUENTRO	48
LA MUJER QUE SE HIZO HUMO	76
APELACIÓN	77
ESCRITURA	83
TERRENO BALDÍO	88
EL PUENTE	89

DANIELA TRAPÉ

SOS… SOY	18
EMPAPADO DE SUDOR	36
LA TORRE	40
MATERNAR	55
ENTRAÑAS	61
EL CAMISÓN BLANCO	67
LA ESCALERA	85
RESCATE EN FIRENZE	93

CLAUDIA MARCELA RAMIREZ

- BOSQUEJO DE MUJER VALIENTE 20
- OCHO AÑOS..35
- MI VIEJA CASA 39
- COMETA 43
- DULCES Y SALADOS 49
- CON DES 50
- HOMBRES 51
- CON TU IMAGEN 52
- MIEDO 53
- PROPIEDAD PRIVADA 54
- COBARDE...59
- DESPERTANDO 63
- OCASO 64
- SIETE 78
- LA PIEL TIENE MEMORIA 79
- UNA PALABRA 80
- UNA GENERACIÓN CULMINA, ...90
- LOS BAILES DE MI TIERRA...91